KB045335

낮에
뜨는 달

낮에 뜨는 달·4

만화 혜윰

arte POP

14
꿈에서

…예전엔 아무것도 못 했어도

지금은 이렇게 나랑 얘기도 할 수 있잖아.

나도 뭐든 시도해볼 거고…

내 일이기도 하고….

또야.

꽈악-

또 마치 날 위로하는 것처럼….

그러니까…

그렇게 속상해하지 마.

병원 말고,
누구 만날 거야.

내가 왜?

흐음….

나한테 삐딱하게
구는 거 알면 영화가
안 좋아할 텐데….

그렇게 싫으면
영화한테 너 설득해달라고
부탁해야겠다.

……

아무 꿈도…

안 꿨네.

하긴, 잔다고
그런 꿈 꿨으면 진작부터
무슨 꿈이든 꿨겠지….

하ー암

전

생

체

험…

타닥

탁

탁

최면술 등
전문가를 통한
방법…

가격은
비싼 편입니다.

아아아아아
아아아!

박박

박박
박…

이놈의
돈돈돈!

뭘 아든
돈이 문제야,
돈이!

알바도 이제 관둬야 하는데….

학비는 엄마가 어떻게 할 테니까! 때려치워!

인터넷 전생 체험….

자, 이제 당신은 잠이 옵니다.

과거의 기억에 빠져듭니다….

될 리가 없지!

아으아아아아아!

하아아아아아….

차분히 생각해보자….

처음 이상한 소리가 들린 게 쓰러졌을 때였고,

누군가를 보고 그 사람의 꿈을 꾼 건,

교통사고 직후….

!

잠깐… 내가 전생에 그 사람이었다면,

차에 치였을 때 내가 그 사람을 볼 수 있었던 건…

어떻게 가능했던 거야?

다 끓었다.

보글보글

보글

여기 김치찌개 오랜만이다.

나도.

하긴 셋이 만난 거 자체가 오랜만이지. 덜어줄게, 그릇 줘.

응.

지금…

콰앙

뭐 하는 거냐고 계속 물었잖아!

……

공공장소에서
무슨 짓…

뭐!

억지로
끌고 왔으면
용건을 말해!

그런 거 없어.

…뭐?

그냥 밥 한 끼
먹자고 부른 거야.

만나는 데
꼭 이유가 필요해?

필요해!

……

그럼 내가
궁금한 거라도
물어보자.

타악

네가 말한 것들을
내가 믿겠다면…

그럼 지금
준오는…

내 동생은
어디에 있어?

제대로 대답
안 할 거라고
했잖아.

도망갔네.

….

이러지 말고
강경책을 쓰자, 형.

강경책?

그래,
저게 뭐든 간에
준오 몸에서 일단
쫓아내야지.

나한테
좋은 방법이
있어.

도울 수 있는 일이
없을 것 같다
말씀드렸었는데….

더 궁금한 게
있으시거든
그런 일을 하시는 분들을
찾아가십시오.

어쩐 일로
오셨습니까?

여쭤보고 싶은 게
있어서 왔어요.

제가 어릴 때
저를 쫓아다니는
혼백을 봤다고
하셨죠!

혹시,
여자는
못 보셨나요?

…여자?

끼익-

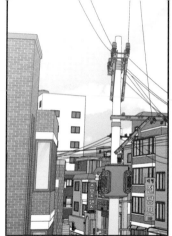

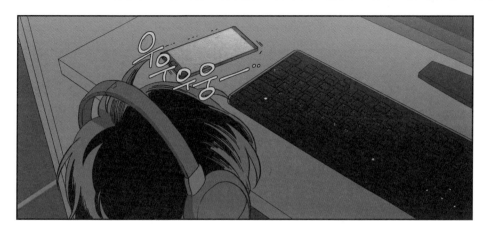

응, 알았어.

이따 들어갈게.

집에
안 들어갔나 본데.
전화도 안 받고.

신경 꺼.

계속 집에
붙어 있었던 거
생각하면, 이제 와서
가출하진 않겠지.

그야 그렇겠지….

하지만 그건 우리
가족 때문이 아니라

형은 안 믿어도
상관없어.

이젠 누나가
같이 있어주기로
했으니까.

분명 가까운 곳에
영화가 있기 때문이겠지….

어쨌든 형은
내 말 들어줘.

다른 혼백이
준오의 몸을 차지하고 있는데
준오의 기억이 멀쩡하고
몸이 제 기능을 한다는 건,

진짜 준오가
아직 살아 있을 수도
있다는 거야.

학교에서
시도했을 때
일시적으로
죽은 상태로
돌아갔으니까.

준오의 혼이 지금
어디 있는지만 알면…

저걸 빼내고
진짜 준오를 찾을 수
있을지도 몰라!

지금 이 상황이
쉽게 믿기지 않겠지만

그래도 형이
마음을 굳게
먹어야 해.

아주머니를
위해서라도.

지난번에
가져오셨던
그 부적,
지금도 가지고
계십니까?

네!

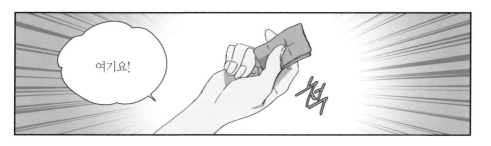

여기요!

흐음…

지난번에 한 번
몸에서 떨어진 적이
있어서…

최대한 안 떨어지도록
몸 가까이에 붙여서
다녔어요.

음….

저, 그런데…

그 부적이 밀어낸
사람이 있었는데요.

…부적이
사람을?

그게,
그 사람이
특이한 체질…
이라….

어쨌든
처음엔 그랬는데
요즘 그 사람에게
반응이 없는 건,
부적이 효력을
다한 걸까요?

그럴 수도
있지요.

역시…!

부적은 쓰는 자의
마음가짐에 따라
효용이 달라지는 것.

아가씨가 그자를 대하는
마음이 변하여 부적 또한
수용케 된 것일 수도.

……
그럴 수도…
있군요….

아가씨.

여자의 환영을 보거나
환청을 들은 것이

모두
죽을 위기에 처했을 때라
하셨지요?

부적을 한번
파기해봅시다.

…예?

네에에에에?!

아무리 해도 제 눈에는
아가씨가 말한 여성의 혼백이
보이지 않습니다.

그렇다고
부적을 찢으면…!

저한테 아무 영향
없는 건가요?!

영은 아무 영향도
미치지 못합니다.

부적은 다시 쓰면 그만이고,
아가씨만 볼 수 있는
존재는 아가씨가 각오를
다져야 합니다.

심상을 잘 다스리는 자는
영에게 아무런 위험도
받을 수 없습니다.

진짜로…?

그 노인의
시체를 찾았다.

네 말대로
그 일대의 숲에
묻혀 있더구나.

찾는 데
내가 크게
도왔지.

그럼.

이만하면
소리부 어르신도
함부로 하지
못하실 것이다.

가야인들이
해방될 날도
머지않았어.

하여간 그렇게 뜯어말려도,
고집만 세가지고 말이야!

하하.

그래,
기왕 이렇게 된 거
확 밀어붙여!

그 고집불통
영감쟁이 콧대를
꺾어놓으라고!

어째서….

어째서 네가
이리된 것이냐,
무관.

거울을 보면
언제나
무서운 사람이
나를 보고 있어.

어떻게, 뭐가 좀
보이셨습니까?

나…

내가…

내가 왜
죽었는지
알고 싶어.

15
시도

영화야,
얼른 자야지.

졸리면서
왜 안 자려고
버텨.

으응….

싫어!
안 잘래….

네가 자야
엄마가
청소를 하지.

엄마가 할 일이
얼마나 많은데….

그냥 아무것도
안 하고 나랑
있으면 안 돼?

무서운 사람들이
나 데리러 오면
엄마가 혼내줘….

나 아무것도
안 했다고,

착하게
잘 있었다고….

…그래.

그 사람들 보면 엄마가 아주 혼내줄게.

엄마가 우리 영화 지켜줄 거야.

못 데려가게 할 거야….

분리불안 증세가 심하지만 뇌에는 이상이 없습니다.

저...
오해 말고 들으세요,
어머니.

이런 경우는
병원보다...

이 애는
신기가 있는 게
아니야!

귀신이 붙은 거지,
귀신이!

이런 건
굿을 해야 돼!

그럼
굿만 하면...!

지금은
너무 어려서
못 버텨!

십 년은
뒤에 오슈!

십...

쉬링

40

십 년이라니,
어떻게 그때까지
기다리란 거예요!

지금 이렇게
힘들어하고

괴로워하는데…!

그걸 어떻게
지켜보라고…!

부적을
써드리지요.

부적요…?
그 부적이면
해결됩니까?

어디서는
굿을 하라던데….

……

완벽한 해결법은
못 되긴 합니다.

상황이 어떻게
변할지 모르니

임시방편
정도겠죠.

…그런데
스님.

정말 한 사람밖에
안 보이시나요?

네?

딸애가
말하는 게
한 사람 같지
않아서….

……

한 사람뿐입니다.
틀릴 리가 없어요.

자,
목에 걸고.

절대 잃어버리면
안 돼, 알았지?

응….

이제 정말
괜찮은 거야?

그럼!

괜찮을 거야….

무서운 건
이제 다 잊어버리자.

43

야, 선결제 시간 끝났거든?

더 있을 거면 나와서 결제부터 해라.

아오…
자리 좀
재깍재깍
비우지.

터덜
터덜

…

두적

짤
500 100
랑...

갈 곳이
없네…

평소 이 시간에는
어디에 있었지?

…언제나
누군가와 함께라니

복받은
삶이었네.

그러니 필사적으로
되찾으려 하는 놈들이
있는 거겠지.

지금 돌아가지 않는대도
영원히 피할 순 없을 테고…

그럼
준오는…

내 동생은 어디 있어?

알 게 뭐야.

아직
안 왔어?

아까부터
준오는
왜 그렇게
찾아?

같이
나갔던 거
아니야?

같이
나갔지….

그냥
두라니까.

잠깐
찾아보고
올게.

형….

아까 밖에서
둘이 싸웠거든요.
신경 쓰이나 봐요….

하하…

그러니?

도현이 너도 있는데 싸우기나 하고, 참….

그러게 말이에요~

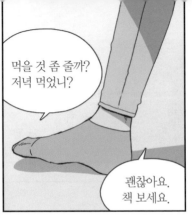

먹을 것 좀 줄까? 저녁 먹었니?

괜찮아요. 책 보세요.

아, 저.

준오 방에서 기다려도 될까요?

그래, 그러렴.

여기에 처음 와서
스님의 이야기를
들었을 때,

뭐라서?

그런 생각을
했었다.

내 업보가
뒤를 쫓는 거라면…

영화야~?

어쩌면 그 애가 찾는
죽음의 이유가
나한테 있는 건 아닐까?

그렇게 질질
끌지 말아주세요…

트라우마가
있어서….

죄송합니다.
바람을 쐬게 해드리려다
그만….

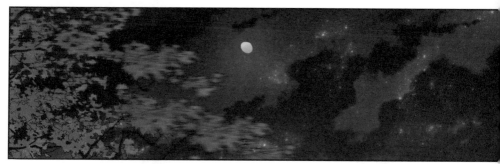

좀 정신이
드십니까?

네….

감사합니다.

그 여자의 모습은
보셨습니까?

내가 죽었다….

—고,
정신을 놓기 전에
그렇게
말씀하시더군요.

……

스님께서는…

윤회나 전생 같은 거
믿으시겠죠?

그럼, 전생의 죗값을
제가 치르는 게 맞다고
생각하세요?

전부 잊으라고
했는데.

왜 그런 말씀을···.

제가 전생에
누굴 죽였대요.

전부 잊고
살았으면 좋았을 텐데.

그걸 잊으면
안 된다고,

제 전생이 저한테
말을 걸어와요.

…보인다는
여자가
아가씨의
전생입니까?

……

전생과 대화라니
흔한 일은
아니군요.

질문에
대답해드리자면

업보가
절대적인 것은
아닙니다.

누군가는
큰 잘못 없이도
힘든 일을 겪고

누군가는 죄에 비해
작은 대가를
치르기도 하듯….

전생의 기억이
후생을 괴롭히는 게
당연하다면,

거기서
자유로울 사람이
얼마나 있을까요?

전생에 죄 없는
사람은 없습니다.

아가씨는 운이
나쁜 편이죠….

그건
당신 탓이
아니에요.

정말로
내 탓이 아닐까….

우리 부모님이
그렇게 고생하신 것도

그 애가 살아 돌아와
변한 것도

전부 내 업보 때문에
벌어졌어도…

내 탓이
아닌 걸까?

조심해서
돌아가십시오.

늦은 시간까지
신세졌습니다.

산 아래까지
바래다도 주시고…

강영화!

엄마?!

이 기지배!

이 시간까지!

전화도
안 해!

악, 뭐야!
왜 때려!

기절하셨을 때
휴대폰 좀 빌렸습니다.

고마워요,
스님!

지금이
넻 시야.
얼른 돌아가자!

아, 진짜
뭐야….

내가 몇 살인데
길바닥에서 때려!

59

하여간 폰을 빌려주면 뭘 해, 연락을 안 하는데.

걱정할 거 뻔히 알면서….

아, 알았어!

미안하다니까….

애당초 왜 저기 가서 기절을 하고 자빠졌어!

왜 갔는데, 절을! 몸 상태는 어떻게 된 거고!

요즘 꿈자리 뒤숭숭해서 간 거야.

잠깐 피곤해서 잠들었고.

뭐 숨기는 거 없지?

없어!

있대도 잘도 숨긴 거 있어요 실토하겠다.

말하는 것 보게!

너 설마…

준오한테는 연락한 거니?

안 했어!

…어쨌든 미안하지만,

집에 먼저 가 있어.

너 혹시 준오랑…

아무리 그래도 미성년잔데…

훅

이따 집에서 봐!

기껏 데리러 나왔더니….

조심히 가, 엄마!

날 어떻게 찾아온 건진 모르겠지만,

어쨌든 잘됐어. 나도 할 말 있었거든.

탁 탁탁~

아무도 없지만
실례합니다~

에라,
모르겠다!

데리고 오든
구워 먹든 형이
알아서 하겠지!

풀썩

할 말?

나한테?

…말하자.

뭔가 알아냈을 때 말하는 게 나아.

네가 왜 죽었는지…

숨긴다고 달라질 건 없어.

알고 싶다고 했잖아.

나 그거,

알았어.

그러니까…

응?

그러니까
진생의 내기
널,

형 아직
안 들어왔죠?

좀 전에 나갔잖아.
아직 안 왔지.

저 잠깐
나갔다 올게요!

어딜?

민오 형한테요!

민오는 뭐
준오 찾아서
데려온다며?

네,
저도 금방
갔다 올게요!

사과…

두 개나
깎았는데….

네가
내 전생이라고 한
사람이…

그 사람이
나한테 알려줬어.

지금도
내 옆에 있어.

옆에 누가
있다는 거야.

나 말고는
아무도…

나한테는
보여!

왜 그런지는
모르겠지만,

너한테도
스님한테도
무당한테도

아무한테도
안 보이지만…

나는
볼 수 있어!

…내가 널
죽였다고,

평생 잊지 말라고
그 여자가 말했어.

…하지만 왜 널
죽였는지는
말해주지 않았어.

꿈에서
그 여자의 입장이
되었을 때도,

그 여자가
나한테 보여준
기억에서도,

이유만큼은 나도
알 수 없었어.

그렇지만
네가 천도하지
못한 것도,

나한테 계속
이런 일이
생기는 것도…

전부….

배신?

배신이라니 설마,

처음부터
나한테 죽었다는 걸
알고…

이번엔 내가
옆에 있으니까
괜찮을 거야.

다른 사람 손에
죽게 하지 않을게.

그런데도…

나를
지키겠다고
한 거야?

...

다녀왔습니다.

떨컹

얼라?

너 옷이
왜 그 모양이야?

아.

그러고 보니
준오가
멱살 잡았지….

정말

무섭고
싫었는데

오히려 자기가
그런 표정이나
하고….

까먹지 말고
세탁소 맡겨라?

……

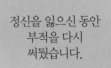

정신을 잃으신 동안 부적을 다시 써뒀습니다.

가능한 한 몸에 가까이 붙여두세요.

지금까지 부적에 의해 보이지 않던 것이라면,

앞으로도 부적으로 막아두는 게 좋을 겁니다.

다신 안 보고 싶지만…

그 사람이랑 대화는 해보고 싶네요.

준오 말이 맞아.

그렇게 후회할 거라면 하지 말았어야지.

나한테 기억하게 해서 뭘 어떻게 하고 싶은 건지 물어보고 싶어.

그냥 자책하고
싶은 것뿐인지…

아니면 해결하고 싶은
마음이 있는 건지.

엄마!
나 폰 한 번만
더 빌려주라!

으엉?

벌떡

달캉...

아무도
없나...?

저벅

덜컹
덜컹

슥

!

......

지직

이건....

지직

직··

무슨
개수작이야?

이걸로 날
어떻게
해보겠다고?

진짜 준오가
어디에 있는지 내가
물어봤었지?

대답 안 해.

안 해도 돼.

도현이가
이미 준오를
찾았으니까.

내성적인 애라 그런지
죽어서도 멀리는 못 간
모양이더라.

자기 자리를 차지하고
거짓 행세나 하는 너를…

줄곧 옆에서
보고 있었던 거야.

!!

컥
쿨럭!

…그래서.

쿨럭쿨럭
쿨럭…!

그깟 나뭇조각으로
날 쫓아내시겠다?

지난번 일을
생각해보면

기껏해야
잠깐 떨어지는
정도겠지.

그걸 준오 몸에서
떼어내는 데
성공하면

재빨리
준오 방으로
옮겨둬야 해.

준오의 넋이 자기
몸을 알아보고
돌아올 수 있도록.

그렇게 해도
준오가 제정신으로
돌아오지 않으면?

실패하면….

…실패해도,

그대로
두는 것보단
나아.

가족들이 정체 모를 놈을
자기라고 믿고 있는 것보단
분명 나을 거야.

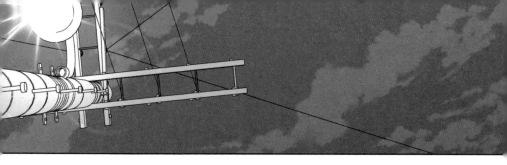

전화
안 받네….

좀 전에
들어갔는데
벌써 자나?

집에
불도 아예
꺼져 있고….

응?

문 앞에
누가…

불 꺼진 집에

수상한 사람….

도…
도망….

잠깐만요!

저 준오
친구예요!

…친구?

친구가 이 시간에 거기서 뭐 해?

아, 그게 사정이 좀 있어서….

지금 그 소리 집 안에서 들린 거야?!

형…!

민오 형!

떨컹

！

준오야….

기절했나 봐!

1, 119!
앰뷸런스 좀
불러봐!

아니,
부르지 마.

민오…

준오는 내가
알아서 할게.

다음에 보자,
영화야.

알아서
한다니,
앰뷸런스
안 부르고?

애 지금 완전
기절…

…어?

이 애 지금

숨을 안 쉬는 것 같은…

싸악!

돌아가 줘.

…

속

도현이 넌
들어오고.

응!

나 준오한테
할 말이…

지익

아직 폰을
새로 안 맞춰서
연락을 못 하는데,

내일 저녁쯤
다시 오겠다고
말 좀 전해줄래?

그럴게.

다악—..

준오 뺨에
상처 있었지….

둘이 싸웠나?

아무렴 민오니까
별일 아니겠지?

가족이면
껌뻑 죽는걸.

그래, 숨을 안 쉰다니
착각일 거야.

내일은 준오를
만나서 말해주자.

어쩌면 그 여자가
내 앞에 나타나는 건
너를 천도시키고
싶어서일지도 모른다고.

우리 둘 다
업보에서 벗어날 수
있을 거라고.

그러니까

그런
신경 쓰이는 표정
하지 말라고….

하아.

아직
숨 안 쉬어?

아직.

정말 이런 게…

통하는구나.

꾹ㅇㅇ

진짜 준오가
아니었어….

지난번엔
얼마 만에 깨어났어?

몇 분
안 걸렸어.

…여기 있던
진짜 준오의 혼이
안 보이니까

잘됐을 거라
믿어야지.

그래….

지난번보다
깨어나는 데
오래 걸리는 건
어째서야?

글쎄….

엄마가
오기 전엔
깨어날까?

그, 글쎄….

…다시 깨어나지
않으면 준오는
죽는 걸까?

…내가 형한테
너무 부담 준 것
같네.

…괜찮아.

내가
선택한 거니까.

이제
어떻게 하면 돼?

준오가 깰 때까지
기다려야지.

늦었으니 이만
집에 돌아가도 돼.

뭐든 일 있으면
연락할게.

응.

꼭 연락해,
형.

그래….

탁…

아아…

숨 쉬고
있다….

속 썩이지 말고
얼른 돌아와,
인마.

아빠랑
약속했어.

너랑 엄마, 내가
잘 보살피겠다고.

간밤에 털린 것 같다던데, 완전 어이없지 않냐?

뚱끔

….

나뭇가지 꺾어 가서 어디 쓸 생각인지.

아.

너처럼 뭐 퇴마의식 같은 거 하려고 꺾어 간 건가?

내가 한 거 아니야.

내가 했지만.

누가 뭐래?

그냥 그때 일 생각나니까 하는 말이지.

왜, 그, 네가 나뭇가지로 쳐서 준오 기절했을 때—

뚱끔

스윽

나?

내가 뭐?

16
항상

준오가 돌아왔다니…

학교에서?

그럴 것 같아서 만나러 온 건데, 좀 불러줄래?

아니, 그게 아니라…

미리 얘기해주고 싶었는데, 네가 연락이 안 돼서 못 했거든.

그러니까 준오는….

!

응?

미안…
내가 뭐
방해했나?

아냐.
들어가 봐.

어라?

어?

꾸벅

…준오야?

네?

…저요?

누나!

아, 안녕…

네.

?!

와

악

…?

다녀왔습니다.

지, 지금
준오…

네가
말했던 거
설마…

진정해.

아들 왔어?

응, 배고프다.

…

그래,
씻고 저녁 먹자.

자세한 얘기는
이따 만나서 하자.

두 시간 뒤에
골목 카페에서
만나자.

응….

이따 봐.

끼익

…그래,
저녁
잘 먹어.

헛걸음하게 해서
미안하다.

네가 사과할
일은 아니지….

탁…

준오가…

원래대로
돌아왔다.

타박

…그냥

조금이라도
설명해달라고
할 걸 그랬나….

타박‥

역시 어젯밤에
무슨 일이 있었던 걸까?

돌아가 줘.

왜 그땐 아무 말도
안 해준 걸까?

응?

벌써
들어오니?

저녁은?

괜찮아.

그래,
잘됐어.

준오가
원래대로 돌아오는 건
당연한 일인걸.

안심이야.

…어제는 뭔가
해답을 얻은 것 같아서
기뻤는데.

그 여자가 내게
속삭이고 있는 것 같아.

이제 정말로
괜찮아진 건가?

이렇게 쉽고
간단하게 해결될
일이었나….

영화는
벌써 갔니?

저녁 같이 먹자고 하지.

이따 밖에서 보기로 했어.

그보다, 오늘 준오 어떤 것 같아?

요즘 점점 말문도 많이 트더니 오늘은 부쩍 좋아졌네.

참 다행이야.

…

그래, 분명…

응, 다행이야.

앞으로도 분명
더 나아질 거야.

탁탁

준오야.

덜컹

형.

학교에선
별일 없었어?

아…

요새 내가
좀 이상했다고,
그런 얘길 듣긴
했는데.

투둑

툭

그래서?

솔직하게 말했어. 잘 기억 안 난다고.

그게 말이 되냐~ 뭐 그러긴 했지만….

말고는 별일 없었어.

그래….

근데, 형.

우리 옆집 사는 영화 누나…

최근에 나랑 자주 만나지 않았었나…?

…왜 그런 게 궁금해?

그냥… 그랬던 것 같아서.

억지로 생각해낼 필요 없어.

엄마한테는 뭐라고 말해?

말 안 해도 돼.

그간 맘고생 많으셨으니까….

너 확실히 안정되면, 그때 말씀드리자.

그럼 나 병원은…

그것도 나중에.

저녁 준비할 테니까 천천히 내려와.

끼익

무슨 일만 있으면 병원 가라고 그렇게 성화 부리던 인간이 웬일로….

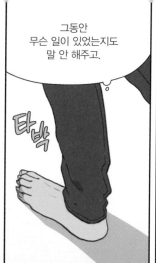

그동안
무슨 일이 있었는지도
말 안 해주고.

타박

불안하게….

훅

형?

슥

저녁
준비한다더니….

터엉

…

얼마 전에 준오 병원 검사 결과 나왔어.

우리 영화 보러 가기 전날,

준오 데리고 병원 갔었잖아.

그런데 검사 결과가 잘못 나왔다고 다시 해야 한다더라고.

그렇게 별별 검사를 다 해봤는데….

아무래도 이상하다.

이 정도의 성격 변화는 뇌손상이 의심되는데 뇌는 문제가 없다,

희귀병일 수도 있다,

입원해서 치료해보라, 그런 얘길 들었지만…

정말 그 몸에 있는 게 준오가 아닌지 확인하고 싶었어.

미리 귀띔이라도 해주지….

무슨 일인지 영문도 모르고 놀랐잖아.

급하게 얘기 나온 거라서.

그리고

영화 넌 반대할 거라 생각했거든.

그러네.
반대했을지도.

내가 어떻게든
할 수 있을지도
모른다고.

생명의
은인이라고.

도와주고
싶다고.

말도 안 되는
일이지.

내 가족이라도
싫었을걸.

이 상황에 내가
기분 상하는 게
이상하다는 건 안다.

민오의
동생이고,

나도 그 애의
상태를 알고도
민오에게 말하지
않았으니까.

미안해.
널 어떻게
도와야 할지
모르겠어.

네가 날
도와줬는데도.

꽈악...

거짓말.

어떻게
해야 하는지
알고 있잖아.

정말이야.

정말로 널
돕고 싶었어….

하지만 널 위해
준오를 죽게
할 순 없잖아.

뭐 하나 제대로
해결된 것도 없고,

여전히 난
언제 죽을지 모르고,

너를 죽였다는
죄책감에
미칠 것 같아!

가족들을
걱정시키는 것도
무서운 일도
싫어!

그래도
어떻게 해야
좋을지
모르는걸….

말했잖아.

난 언제나
곁에 있었어.

네가 나를
볼 수 있을 때도
없을 때도,

언제나.

꿈….

…아니.

127

사락ー‥

하아…

17
흔적

처음에는 네게 저질렀던 숱한 잘못들을 떠올려보았다.
너를 용서하지 못할 것도 없을 것 같았다.

시간이 흐르자,
용서받지 못한 인연들의 끝이
모두 이렇지 않을 것이란 생각이 들었고

비로소 화가 났다.

그리고 거기서
더 많은 시간이 흐르자

너를 죽여서라도 이 끝없는 시간을 끝내고 싶었고…

더더욱 시간이 흘러
모든 것을
포기하고 싶어졌을 때

숱하게 반복된
너의 생들 중에서도

네가,

오직 너만이…

정말로…
보이는구나.

정말 여기에
있었어.

내 목소리
들려?

준오…가
아니라.

뭐라고
불러야 할지
모르겠네.

계속
반말하기도
좀 그렇고.

…

이건 분명

내가 낸
상처겠지….

뭐라고 대답 좀
해봐…요.

도와달라고

꿈속에 나타난
것도 그쪽…이죠?

스윽

만져질 리가
없지!

이상한
느낌이네…

하하…

무슨 홀로그램
띄워놓은 것
같네요.

움직이지도
않고.

지난번에 본 귀신은
쫓아오기도 하던데.
못 움직여요?

…움직이기
싫어요?

천도하는 거

포기했어요?

천도…

그래.

오직 너만이 나를 바라봐 주었다.

처음이로 이 무저갱에서
빛을 보았다.

모든 것이
끝날 것이라는 희망을.

너를 죽이고
내 한을 풀기만 하면
될 일이었다.

하지만
이젠 끝이다….

기껏 몸을 가지고도
너를 죽이지 못했으니까.

몸 없이는 아무것도
할 수 없겠지.

너를
죽이는 것도,

지키는 것도.

이미 부적도 찢었는데….

풀썩…

보이기만 해선 아무 소용없잖아…

뭐든 반응 좀 해줘요.

하아….

…어제 저녁에 할 말 있어서 찾아갔었어요.

후회할 일이었으면 하지 말아야 했다고…

배신하지 말았어야 했다고 말했죠.

그 말을 듣고 고민했어요.

그 사람이 자기 업보를 잊지 않으려고 하는 데엔 이유가 있지 않을까 싶어서요….

으음…

이게
무슨 소리야?

지금 몇 신데…
아직 안 자나?

뭐 하고
있는 거지?

한준오?

안 자?

달칵!

너…

너 지금
뭐 하는
거야?!

그만둬!

왁

…ㅍ다.

아파…!

방해하는 게
누군데!

혼자 쓰려고
하다니, 개자식!

용서 못 해!

용서 못 하면
어쩔 건데!
내가 먼저 차지했으니
내 거라고!

웃기지 마!

대체
뭘 하는…

이런 기회가
흔한 줄 알아?

하….

하하

하하하…

하하하하하하하하하
하하하….

…

형?

이불은
왜 이 꼴이지….

이불 때문에
갑갑해서

그런 기분 나쁜 꿈
꾼 건가….

기분 나쁜
꿈이었다.

나는 분명
여기 있는데

또 다른 내가
저곳에 있어서….

내가 없이도 걷고

움직이는 꿈.

안 돼…

그건 내 몸이야.

돌려줘.

꾸물…

······

안 사라…졌네….

나 자는데 계속 이러고 보고 있었던 거야?

…안녕하세요.

좋은 아침이네요.

속

그래.

준오일 때랑은
말투도 성격도
생긴 것도
완전 딴판이야.

대하기 어려워…

어젯밤에는 그 꿈 때문에
큰맘 먹고 부적을 찢었지만….

덜컹

스님한테
한 번 더
찾아가 보고
결정할 걸
그랬나.

그래도….

…네가 그 여자와
대화할 수 있다면…

154

내가
천도할 수
있는 건가….

대답했다!

그, 그래요.

지금도
그 여자가
있나?

지금은
안 보이지만…

하지만 분명 다시
볼 수 있을 거예요.

어릴 때 본
기억도 있고,

최근에도 몇 번
봤으니까….

……

뭐든
할 수 있는 건
다 해봐야 해.

준오 때처럼
어영부영 도망 다니다가

또 다른 사람까지
힘들게 만들지 않으려면

내가 정신 차려야 해.

얼른 씻고
학교 안 가?!

쌰
악

악…!

아, 이제
준비하려고
했거든!

하이고,
그러셔.

쪽팔려….

천도가 늦어질수록

내 사생활도
없는 거구나.

휴우...

휙

...조금 떨어져
있을 수 있어요?

...아마도.

조금이라면.

그럼 가능한 만큼
뒤로 가봐요.

뒤로, 뒤로.

더, 더.

헐떡
헐떡

거기서 기다려요.

…

아, 최악이다.

그러고 보니 민오한테 차인 것도 알고 있었댔지.

지금까지 옆에 있었다는 거, 어떻게 보면….

부들 부들

ㅇ….

ㅇㅇ….

으하어하아하어 하어어하아 으허하아!!!!

씻으러 들어가서 뭐 해…?

먼저 학교에서
수업 듣고

휴대폰도
개통하고 나서,

저한테
부적 써준
스님요.

그다음에
스님 만나러 가죠.

스님?

…표정이
왜 그래요?

쿡쿡

쿡..

하늘에서 오천만 원이
떨어지지 않는 한
도움 줄 수 있는 분은
그분뿐이에요.

덜컹

아, 그리고
밖에선 말 걸지
말아주세요.

혼잣말하는 걸로
보일 테니까….

위잉~

힉…!

뭐…
뭐야?

방금 뭐가
발밑을….

…!

저쪽 창문,
준오 방 아니었나…?

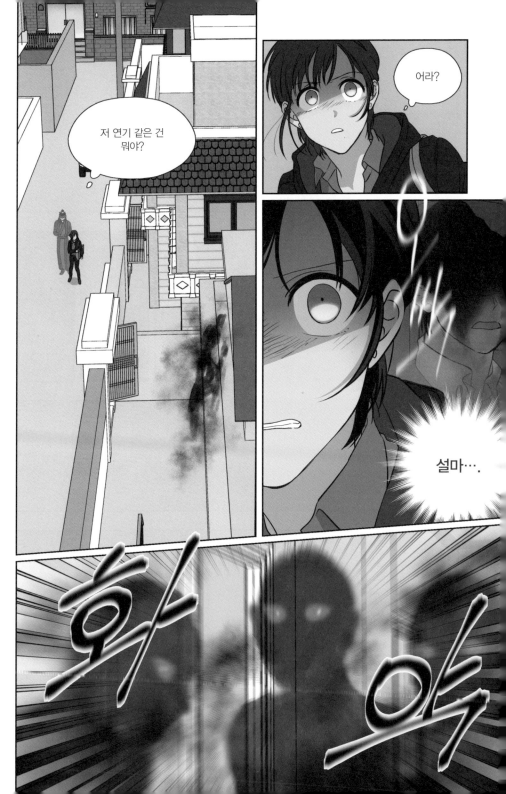

끼익...

탁

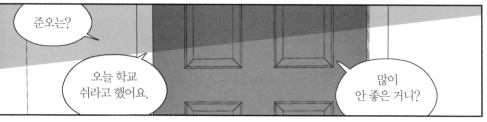

준오는?

오늘 학교
쉬라고 했어요.

많이
안 좋은 거니?

어디 아픈 건
아니에요….

덜덜

덜…

웅성

웅성

웅성

웅성

웅성

악

악

악!

왜
도망치는 거지?

쫓아
오니까요!

지난번에
말하지
않았던가.

저것들은 어차피
산 자에겐 별다른
영향을 주지 못해.

영향이고
뭐고 지금 당장
무섭다고요!

지금까지 몇 번이나 죽을 뻔했는데

이번엔 괜찮다고 어떻게 확신해요!

왜 갑자기 또 저런 게 보이는 거야!

설마 부적 때문에?

하지만 처음 귀신을 봤을 때도 부적은 갖고 있었는데!

영적인 것은 심상에 크게 영향을 받지 않습니다.

두려워할수록 영향받기 쉬워지지요.

매사에 마음가짐을 단단히 하십시오.

아무것도 안 보인다!

안 보인다!

안 보인다, 안 들린다, 안 보인다.

안 보인다···!

제발
보이지
마!

이봐…

꽉악

…

후우우우

…어?

갑자기 한기가
없어졌어….

덜컹

그 이상한 소리도
안 들려.

영화 누나….

좋―은― 아침!

안녕….

쿠우웅―

강의 듣기 전부터 피곤해 보이네.

뛰어오느라….

집 밖에 나설 때까진 팔팔했는데 말이지….

뛰었어? 늦을까 봐?

응. 수업 시작하기 전에 마실 것 좀 뽑아 올게.

난 커피!

알았어, 알았어.

타앙~!

아까 그거…
대체 뭐예요?

왜 그…
콱! 했던 거요!

밖에선
말 걸지 말라고
하지 않았나?

내가 먼저 거는
건 괜찮아요!

어쨌든 그거,
왜 쫓아오는 거예요?

설마
지난번에 말한
기적이 비슷하네
뭐 그런 거
때문이에요?

지금까지
아무 일 없다가
갑자기 왜?!
게다가 왜 다
준오 방에
그렇게…

두단
다다!

글쎄, 네 기가
허해졌거나 내 기척
때문에 쫓아오는
거겠지.

하지만
그 아이는…

이미 죽은 몸이니
귀신이 붙는 것뿐이야.

···죽었다뇨?
원래대로
돌아갔잖아요?

겉보기에는
멀쩡했고 아무 문제도
없어 보였는데,

왜
그런 말을···.

강영화?

수업 안 들어가고
거기서 뭐 해?

…영화아?

아,

잠깐 전화하고 있었어.

좋은 아침….

전화?

폰 뽑았어?
어제만 해도
없더니.

아,
엄마 폰.

그래?

응?

조금 전에
빈손 아니었나?

너도
뭐 마실래?

준오 때문에
너한테 좀 물어보고
싶은 게 있거든.

아.
핸즈프리였나?

아냐, 나연이가 너
여기 있대서 온 거야.

나?

엊그제까지만 해도
나보단 네가 준오를
더 자주 봤으니까….

이따 점심때
얘기해도 돼?
곧 강의
시작인데.

나 마실 거 뽑고
강의실 같이 가자.

그래.

하지만
그 아이는…

이미 죽은 몸이니
귀신이 붙는 것뿐이야.

방금 그 말···

무슨 의미지?

어제 본 준오는
완전히 멀쩡해 보였는데
이미 죽었다고?

그때 그
장례식 때를
얘기하는 거야?

애가 이상하다며!

그럼 진작 나한테
말을 했어야지!

그리고

영화 넌
반대할 거라
생각했거든.

웅성

웅성

임의찬!

부스럭°°°

흐엉?

너 오늘 준오 봤나?

못 봤는데.

아예 학교 안 온 거 아냐?

좋겠다…

나도 집에서 잠이나 자고 싶다.

푸욱

지금도 잘 자네….

어제 봤을 땐 괜찮은 줄 알았는데….

…글씨를 보면
내가 쓴 게 맞는데.

아무리 봐도
쓴 기억이 없어.

분명 우리 집에
있는데…

있어선 안 될 곳에 있는
것처럼 초조해.

새벽에 이상한 일이 있어서
그런 것뿐이야.

초조할 거 없어.
억지로 기억할 필요 없다고
형도 말했고,

영 불안하면 병원을
가면 되고….

이것도….

기억에

없는 일이다.

뚜루루루ㅡ…

지금 거신 전화는
고객의 요청에 의해

당분간 착신이
정지되어 있습니다.

뚝

선생님한테도
전화드렸는데
그냥 쉬지…

학교 가려고?

엄마도 오늘
너 때문에
쉬었는데.

괜찮아,
학교는 가야지.
바람도 쐴 겸.

그 누나를
만나봐야겠어.

뭐라고
물어보면
좋지?

그동안 무슨 일이
있었던 거예요?

우리
친했어요?

왜?

…뭐야?
저 사람.

남의 집
앞에서….

…눈
마주쳤다.

못 본 척하자!

자,
잠깐….

너, 민오
동생이지?

오, 오해하지 마.
다른 일로 온 게
아니고,

며칠 전
병원 일 때문에
온 거거든?

…

팔은 다
나았나 보네….

다행이다.

그때 일은
정말 미안했어.

…네?
팔이오?

누구…
세요?

뭐…?

나…
나 몰라?

기억
안 나?

완전 수상….

죄송합니다.
요즘 기억력이
안 좋아서….

하….

아니,
됐어.

지금 중요한 건
그게 아니니까.

혹시 강영화네 어머니,
지금 댁에 계신지
알아봐 줄래?

내가 연락처를
몰라서.

…연락처도
모르는 사람이
집 앞에서 그렇게
기다리고
있었다고?

…하하,

하아….

뭐, 뭐야.
기분 나쁘게.

그, 그럼

전 이만.

잠깐
기다려!

기억 안 난다니
누구 놀려?

경찰서에
처넣은 게
누군데!

무슨
말씀이세요!

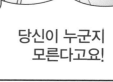

당신이 누군지
모른다고요!

그리고

영화 누나 집
얼마 전에
이사 갔거든요?

당연히 아줌마도
그 집에 안 계세요!

남의 집 앞에서
서성대지 말고
꺼져요!

···그럼 어디로
이사 갔는지라도
알려줘···!

나한텐
중요한 일이란
말이야!

····

여보세요.

준오니?

나가자마자 웬 전화를…

응?

대문 앞에?

아~! 오전 수업 끝!

하아…

오늘은 뭐 먹냐.

학식이지, 뭐…

점심 같이 먹자.

나도.

웬일로 게임방 안 가고?

!

…난 어디 좀 갔다가 갈게.

먼저 가서 먹고 있어.

?

어디 가는데?

자, 다시 설명해봐요!

뭘?

준오가 죽었다는 거 말이에요!

그 말 그대로이다만.

하지만 지금 멀쩡하게 살아 있잖아요?

민오가 준오 일로 물어볼 게 있다니

우으으….

뭐든 아는 게 있어야 하는데!

네가 모든 질문에 응할 필요가 있나?

…있어요.

민오의 동생이니까요.

더 이상 민오한테
신뢰를 잃고 싶지도
않고요.

따지고 보면 그쪽이
내 업보 같은 거라서…

그래서 준오가
그런 일을 겪은 거잖아요.

…….

날 짐짝처럼
말하는군.

그런 의미로
말한 건

아니지만….

나한테
전해 들은 이야기라고
하면 되지 않나?

하지만
민오한테는 그쪽이,

도하.

네?

도하.

……

도하 님…
씨…?

도하 씨…?

오냐.

도하 씨…가
민오한텐
안 보이니까

납득시킬
자신이 없어요.

그래도 거짓말을
하고 싶지 않다면,

그 정도는
감내해야겠지.

그래요!
밑에 와 있어요!

둘째가 학교 가다 놀라서
전화를 다 걸었다니까요?

언니는
내다보지 말아요!

언니 찾는대서
준오가 이사 갔다고
둘러댄 모양이니까!

그래요.
지금 내가
보고 있어요.

모른 척하라고요?

으득-

···우리 아들 건드리고
죽여주십사 찾아온 놈,
누구 좋으라고
모른 척해줘요?

뚫린 입으로
잘도 지껄이네.

뭐!
화해?!

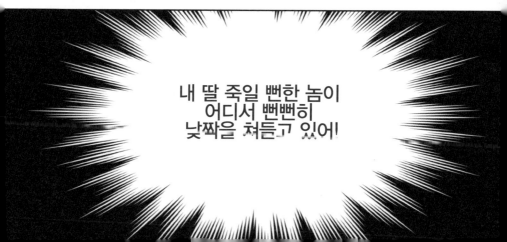

내 딸 죽일 뻔한 놈이
어디서 뻔뻔히
낯짝을 쳐들고 있어!

…사람이
사과를 하면
받아야 하는 거
아니야?

지끈
지끈

엇….

휙

사과 정돈
받아달라고…!

봤어?

저 보라색 셔츠
입은 사람…

쏙닥

쏙닥

아까
엘리베이터 앞에서
어떤 사람들이랑…

선배가
무슨 짓 했는지
다 알아요.

미안한데
못 도와주겠네요.

이 집 고등학생
사고사 했던 거,

사실 친형이 공원 난간에서
떠민 거라며?

정말로
이사 갔나?

여기서 기다려봤자
못 만나는 거야?

……
뭐….

아니,
갑자기 그렇게
앞으로 오면
어떻게 해!

오는 걸
못 봤잖아!

어디 봐봐!

아주 홀딱
젖었네!

어떡해! 이거 걸레 빤 물인데!

일부러 끼얹은 거 아니야?

괜찮아요! 건드리지 말…

읍…!

이건 또 무슨 냄새야…!

참, 내 정신 좀 봐!

하수구 청소하다 나온 걸 깜빡했네….

…….

은애 씨! 뭐 닦을 것 좀 줄래요?

네?

아니, 됐다고요…!

조심해서 받아요!

이걸로 좀 닦아둬요.

네…

아무리 생각해도 일부러 한 것 같은데….

컥…

우…

구릿 구릿…

우웩 웨엑―!

그거 걸렌데! 사람 닦는 거면 그렇게 말 좀 해주지~!!

그쯤 하면 순순히 돌아갈 줄 알았어.

생각대로 됐으니 망정이지, 정말 간도 커!

보복이라도 하면 어쩌려고요!

평소엔 이 시간에 집에 없잖아요. 설마 직장에 찾아오겠어요? 클리닝비도 물어줬고요.

그래도 그렇지.

병원에서 머리채 잡은 언니보다는 덜 무모해요.

진짜 그랬어?

그땐 영화가 있었으니까.

유치한 짓이긴 했지만 속은 시원하네요.

돌아가는 꼴이 볼 만했어요.

구릿 구릿

고소하긴 하네.

어쨌든 언제 또 찾아올지 모르니까 안 들키게 조심해요.

영화한테도 단단히 일러두시고요.

그래야죠.

준오가
이상한 행동을
한다고?

아니, 내 앞에서는
그런 적 없는데….

새벽에 갑자기
그러는데
어떻게 해야 할지
모르겠더라.

혹시 너라면 뭐든
알고 있으려나 했지.

새벽에 갑자기
괴상한 행동을
했다는 건,

역시….

아침에 본
귀신들 때문에…?

꼭 귀신이라도
씐 것 같았어.

…….

…있잖아.

지난번에 내가
전생이라느니
했던 말들,

믿으니까 준오 몸도
찾아주고 그런 거지?

…믿으니까.

그러니까 너한테
묻는 거야.

아직 나도
자세히
아는 건
아니지만

준오
말이야.

―…．

타박

윽!
이게
무슨 냄새야!

다들 날

벌레 보듯이….

내 잘못이
나를 쫓아온다.

저지른 그 자리에
두고 가려 애쓰는데도.

18
난

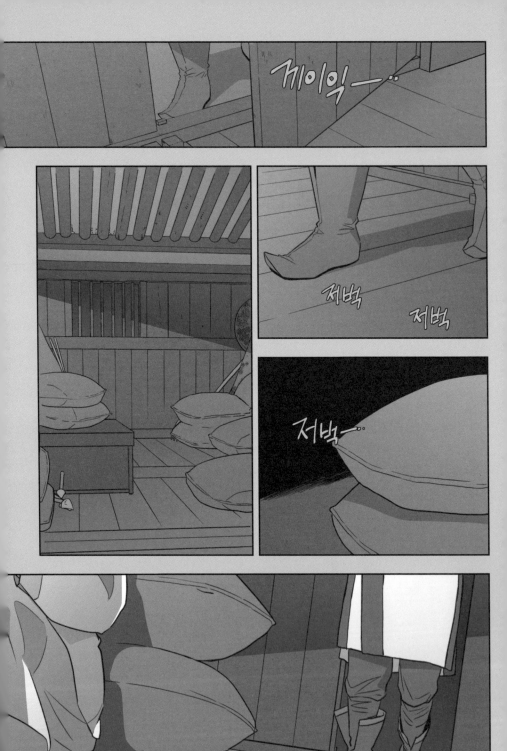

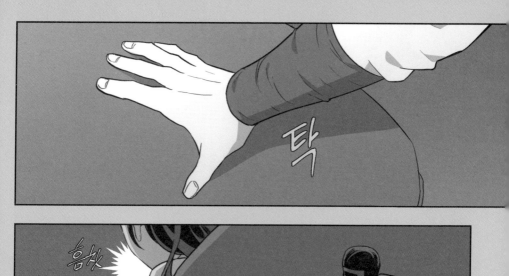

배고프지?

먹을 걸 좀 가지고 왔는데.

꼬륵~

이런 곳에 숨어 있게 해서 미안하구나.

답답하겠지만 당분간만 여기에 있어줘.

네?

우물 우물

거리에 너를 찾는 방이 붙었더구나.

관리를 폭행하고 도주했다고.

꿀꺽…

…

그렇다면 더더욱,
날이 밝는 대로
나가겠어요.

제대로 된
증거를 찾아
이찬 어르신과
협상만 한다면
네 일도 해결된다.

연고도 없으면서
홀몸으로 어딜
나간단 말이냐?

전해 듣던 대로
랑께서는
좋은 분이시군요.

하지만 제가 부탁드린 것은
가야인의 전염병 누명을
벗겨달란 것이었으니,

그것만 해결해주시면
제 일은 알아서
하겠습니다.

아니!

너를 돕는 것은
당연한 일이다!

207

네가 살인을 목격했기 때문에 이찬 어르신께서 너를 잡으려 하신다면,

그것은 부당한 추포다!

백성을 억울한 일에서 구하는 것이 윗사람 된 도리야!

사다함랑….

그리고 이번에야말로,

이번에야말로 형님께 보여줄 것이다.

무조건 약자가
숙이고 따라야 하는
방식만이 능사는
아니라는 것을.

부닥치고
뒤집어엎어야만
얻어낼 수 있다는 것도
있다는 것을.

반드시.

교대 시간일세.

오, 드디어 끝이군.

병이 옮을지도 모르는데 보초를 서라니 불안해서 못 살겠어.

뚝뚝

우리야 뭐, 윗사람들이 시키는 대로 해야지.

이놈들이 병마를 몰고 온 것도 틀림없고,

도적질에 살인까지 저질렀는데 어찌 처분을 미루시나.

이대로 뒀다가 전염병이 더 퍼지기라도 하면 어쩌려고…

그 살인범하고 같이 다 화형시켰으면 좋았을 것을.

네 이놈…!

인두겁을 쓰고
어떻게 그런 말을
지껄이느냐!

뭐…?

죽여라,
그래!

죽여!!

내 남편처럼 나도 당장
태워 죽이란 말이다!

죽여라, 죽여!

얼른
조용히 시켜!

에라이…

스윽

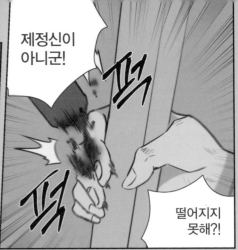

제정신이 아니군!

꼭

뚜득

떨어지지 못해?!

빠직!

악…!

콰식

미칠 거면 곱게 미칠 것이지!

한 번만 더 소란 피웠다간 다 같이 쫄쫄 굶을 줄 알아!

젠장!

재수 없게!

참게, 참아.

설마 피 좀 튄 정도로
병마가 옮겨 붙진 않겠지?

덜덜...

덜덜덜...

혹시 모르니
그 창은 태우지.

욱...

흐윽,

으흐흑...

사다함!

사람 불러놓고
왜 이렇게 늦어?

탁탁

미안,
일이 좀 있어서!

탁

탁탁

탁

아,
내 팔자야.

이 새벽에
뭐 하는 짓이냐.

나도 우리 집에선
귀한 도련님이요,

내 낭도들한테는
존경받는
화랑님인데~

미안해,
무관.

조용히 해결할
일이라서,
부탁할 수 있는 건
너뿐이야.

나 말고 믿을 사람이
없다니까 이러고 있지만~

그런데,

얼마 전에
너희 집에
엄청 귀한 비단
들어왔다더라?

...좀
나눠줄까?

빠 밤

자,
일하자! 일!

큰 소리 내지 마,
무관!

그리고 이 근방만
보면 되니까 멀리는
안 가도 돼!

…이게 다 그 사다함인지 뭔지 하는 놈 때문이야.

슥

선의를 베푸는 양 굴더니만,

슥

도적이라고 누명을 씌우다니 이럴 수가 있나?

슥

아까 저 졸병 말 들었지?

슥

슥…

신라 놈들, 우릴 전부 죽일 셈이야!

연조랑 이타는 어찌 지내는지….

반짝

어흑, 흑…

어쩌다 그 어린 둘만 떨어져서는….

연조 엄니!

이제 정신이 좀 드시오?!

상처는 괜찮소?

엄마 상처 치료할 약초들도…

내가 갖고 온 것들 좀 봐봐!

잘 못 대해주시면 내가 이렇게 해 올 수 있었겠어?

…우리,

여기서 나갑시다.

자다 일어나서 무슨 봉창 두들기는 소리요?

함부로 그런 농담 마시오!

졸병 놈들이 들으면 또 무슨 못 볼꼴이 될지….

어차피…!

여기서 죽으나
나가서 죽으나!

어차피
죽을 거라면
뭐든 시도는
해봐야지요!

불을 지르든
저 졸병 놈들을
싸그리 죽이든!

나는 내 딸
얼굴이라도
봐야겠소!

이런 데서는
못 죽어!

못 죽는다고!

슝챠!

이봐!

조용히 있어!

탕
떵

졸려죽겠는데
정신 사납게…

흑

흑

흐아암….

……

슬렁…

흐윽
흑

말씀하신 거
알아봤어요,
아버지.

담엄사의 승려가
맞다던데요.

대가야에서
온 것도
사실이랬고.

뭐랬더라.

허름한 차림새를 하고
찾아와서는

옷 여기저기서
보옥들을 꺼내며
귀의할 수 있게 해달라
빌었는데,

행색과 어울리지 않는
보옥들을 가진 걸 보니

훔치거나 약탈한 것으로
보였다 하더이다.

그렇다면,

정말로 그 중놈이 대가야 장군의 노비였을 수도 있단 말이지.

아버지도 참 다사다난하네요.

식

자식처럼 키워 딸도 벼슬도 다 퍼준 사위는 뒤에서 가야 여자와 호박씨나 까고 있고.

그러게 이 아들한테 집중하셨어야죠.

한가하거든 가서 연무나 하거라.

기왕 심부름한 김에

왈짝

아버지께서 궁금해하실 만한 소식을 더 알아 왔는데요.

그새
날이 밝았네….

사다함랑은 언제 돌아오실까.

그리고 내가 널 돕기 위해서라도

너는 여기에 남아 있어야 해.

살인을 목격한 것도, 병마를 몰고 왔단 누명을 쓴 것도, 부당한 추포에 쫓기는 것도.

전부 네가 겪은 일이지 않느냐.

때가 오면,

너의 증언이 필요해질 것이다.

신라가 내 가족과 나라를 멸했는데

지금은 여기서 신라인의 자비를 기다리는구나.

아버지, 어머니.

이타….

다른 이들은
나보다 더한 걸
견뎌내고 있겠지.

이 악순환을
끊어낼 수만
있다면 뭐든
견뎌낼 수 있어.

아…
넋 나간다.

쿠웅—

형씨,
슬슬 판
접읍시다.

졸려죽겠소.

이제 거의
다 봤는데,
여기서 관두면
내일 또 처음부터
찾아봐야 하잖아.

어디까지 봤는지
표식이라도 해두자고!

나무를 쪼개든
바위를 쪼개든!

울컥!

헛소리 말고
조금만 힘내자,
무관.

이건 비단 한 필로
해결되는 게 아냐!

이 귀한 노동력을
말이야!

비단을 더 뜯을까,

아니면 말을
달라고 할까….

푸욱

!

최근에 갈아엎은 땅이다….

이번에도 또 그냥 약초 캔 흔적이면

여기서 배 깔고 잘 거야!

…다함,

사다함!

다시는 나를
보러 오지 않을 줄
알았는데.

쪼르륵—

그럴 리가
있겠습니까.

그럴 리 있을 줄
알았지.

겉과 속이 다른
소인배라,

우리 아우님 눈에
차지 않을 것
같아서.

지난 일로 비꼬시면
정말로 소인배 같습니다.

그리 오래 알았는데 여지껏
내가 소인배라는 걸 몰랐다니,
의외로군.

형님….

그래서,
내 농이나 듣자고
찾아온 건 아닐 테고…

무슨
일이지?

…형님께선 끝까지
제 뜻에 반대하셨지만,

마지막으로
여쭤보고 싶은 게
있어서 왔습니다.

도하야.

으흐흑, 흑…

네 알량한 선의 덕분에
네가 감싼 종놈이 굶고
매를 맞는구나.

흐으으…

으…

…다시는,

다시는 어르신께서
노비를 부리실 때
박론하지 않겠습니다.

부디 매를
거두어주세요.

도하 형님….

사다함아.

소리부 어르신께서
훈육하고 계신
모양이다.

집안일은
간섭할 것이
못 되니, 이만
돌아가자꾸나.

하지만….

형님께서 설파하던
신념을 꺾는 것은

언제나
소리부 어르신의
앞에서였다.

오랜만의 대작이라
기대하고 있었건만.

술맛 떨어지는
소리를 하는구나.

진지하게
대답해주세요.

어쩌자고 내게
그런 소릴 하는지
모르겠구나.

내가 이찬께
네 말을 고하면
어쩌려고?

전 형님을
압니다.

제게 그러지
않으실 거란 걸요.

왕께 진언을
올릴 겁니다.

왕께서 대가야인들을 알천에 살도록 허락하셨건대,

그에 응하지 않고 핍박하는 것은 엄연히 왕명에 거스르는 일.

왕께 이찬의 악행을 낱낱이 고하고, 대가야인들이 정착할 수 있도록 지원을 부탁드릴 겁니다.

형님께서 도와주셨으면 합니다.

···사람의 선함을 믿는 건 네 장점이지만 단점이기도 하지.

왕께서 너를 총애하시니 부탁을 들어주셨다, 치자.

촤

아

주룩

237

이럴 때에도
움직이지 않으면
영영 기회는 오지
않을 겁니다!

아무런 위험도
감내하지 않고
어떻게 대의를 지킵니까!

그것을 감내하는 것이
네가 아니라
가야인들이기에
그렇게 쉽게
말할 수 있는 것이다!

!

울컥

백성을 보살피는 자들은 멀리 보아야 한다.

제 주변만 살피는 자들은 편협한 인간이다.

형님께서 저를 그렇게 가르치셨죠.

…저는 형님께서,

더 멀리 봐주시길 원했습니다.

한 번이라도
형님의 의지로
소리부 어르신께
대항해주시길
바랐어요.

생각보다
일찍 왔네?

도하 형님은?
뭐라셔?

……

형님과는 이제
관계없어.

우린 우리가
해야 할 일을 하자.

도하야.

웬일로 여기까지 왔느냐?

사다함은 지금 여기 없는데.

잠깐 사다함의 방을 살펴보겠습니다.

…뭐?

나중에 제게 감사하실 겁니다.

증거.

증거.

어디에
숨겨두었느냐,
사다함!

왕께 이찬의
악행을 낱낱이
고하고…

제가 어떤 패를
가지고 있든…

순진해도
멍청한 녀석은
아니다.

물증도 없이
허풍 치진
않았을 거야.

뭔가 형태 있는
증거를 찾은 게
틀림없다.

사다함이
개인적인 물건을
두는 곳은 없습니까?

대체 어찌 된 일인지
설명부터 해주면
안 되겠는가?

왕께 받은
하사품들을
보관하는 곳간이
있긴 하네만,

열쇠는 늘
그 아이가 지니고
있어서….

사다함.

너는 내가 그 늙은이에게
빈항하지 못하는 거이라
생각하겠지.

하지만 틀렸다.

저벅…

나는

내게 더 소중한 것을
지키겠다 생각했을 뿐이야.

너와 가야인들의 목숨을
저울질해본 뒤에.

…어떻게,

여길….

도하야!

대체 거기
무슨 일이냐.
쥐새끼라니?

그렇게
검까지
빼 들고….

아무것도
묻지 마시고
밧줄과 포대를
이리로
건네주십시오.

…?!

어, 어서
가지고 오너라!

예!

타닥

네게 양심이 있다면
담엄사에서처럼
무모한 짓을 하진
않겠지.

보아하니
사다함이 숨겨준
모양인데….

소란을 부렸다간
그 아이가 너를 숨겨준 사실이
발각될 것이다.

은인을
저버리지 않는다면,
여기서 베진 않으마.

파진찬 나으리,
말씀하신 것들
가지고 왔습니다.

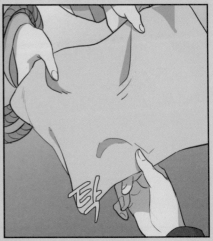

머리에
쓰거라.

사다함의 광에
어떻게 여자가
있는 것이냐!

제가 데려갈 테니
신경 쓰지 마십시오.

식솔들 입단속
단단히 하시고,

당분간
사다함의 동태를
지켜봐 주세요.

도하야…!

자세한 이야기는 나중에
말씀드리겠습니다.

히야

그런 표정으로
보지 마라.

철컹

후

웅

!

살락

…저를
죽이실 거라
생각했어요.

아무리 살려
보내도 죽으러
되돌아오니,

지금 죽이는 게
차라리 속이
편하긴 하겠군.

미 탁

어차피
죽을 운명이라면
목숨을 구걸하진
않겠나이다.

그런 점은
제 애비랑
쏙 빼닮았군.

…네?

네가
사다함에게
헛바람을
불어넣었지?

….

사다함이 가지고 있는
물증이 뭔지 실토하거라.

〈낮에 뜨는 달〉 5권으로 이어집니다.

낮에 뜨는 달 _4_

1판 1쇄 발행 2018년 8월 15일
2판 5쇄 발행 2024년 2월 7일

지은이 헤윰
펴낸이 김영곤
펴낸곳 ㈜북이십일 아르테팝
미디어사업팀 팀장 배성원
책임편집 유현기
외주편집 윤효정 **표지디자인** 디헌 **내지디자인** 데시그
출판마케팅영업 본부장 한충희 **마케팅1팀** 남정한 한경화 김신우 강효원
제작팀 이영민 권경민 **출판영업팀** 최명열 김다운 김도연 권채영

출판등록 2000년 5월 6일 제406-2003-061호
주소 (10881)경기도 파주시 회동길 201(문발동)
대표전화 031-955-2100 **이메일** book21@book21.co.kr **내용문의** 031-955-2731

(주)북이십일 경계를 허무는 콘텐츠 리더

아르테팝 채널에서 도서 정보와 다양한 영상자료, 이벤트를 만나세요!
페이스북 facebook.com/21artepop   트위터 twitter.com/21artepop
인스타그램 instagram.com/21artepop   홈페이지 artepop.book21.com

ISBN 978-89-509-9425-9 (4권)
ISBN 979-11-7117-196-5 (SET)